COAL SACK
銀河短歌叢書 8

紫紺の海

原ひろし 歌集

歌集

紫紺の海

目次

歌集

紫紺の海

原ひろし

昭和八年（二十八歳）　三首・附一首

妻の産

刈小田のあぜ道ぞひの白菊は夕の風にゆれゆれて見ゆ

や丶につよく痛むと妻の告ぐるにぞ産近きよとはね起きりにけり

「紀伊短歌」昭和八年十二月号

立ちてゐつ坐りてゐつゝ真夜中をいまかいまかと産声待てる

附・加太歌話会詠草（十一月十八日・加太町池上秋石氏宅）

刈りすみしあぜ道に咲く白菊の夕嵐ふきゆれゆれてゐる

昭和九年（二十九歳）　四十首・附三首

「紀伊短歌」昭和九年新年号

秋ふかし

稲扱をふむ機音に力あり兄妹らしく楽しげなるも

木魚の音たゞ木魚のみかそかなる冬の杣道ひとり歩むも

秋さりてさびしくぞあらむ湯の街にひとり養ふ君をしのぶも

とくいえよ温泉《いでゆ》の里のわび住みも思ひ出として共に語らな

我が自動車川ぞひゆけばはるかなる頂ばかり夕やけて見ゆ

見下せば心け寒し渓川の紅葉も見ずて自動車の中に

「紀伊短歌」昭和九年二月号

友来る

職に就き満州国に赴くと友ほこらかに訪ね来しかも

三年《みとせ》越しに逢へるともなり自ら吾子がなどいひおとなびてけり

かるた読む声も聞えぬ夜なりけり邑《ひな》にし住めば正月もこそ

あられ雪窓がらすうつ汽車内に白秋が書よみつゝわれは

附・新年歌会詠草（一月五日・和歌山市教育会館）

みぞれ夜になべをつゝきつ親し友の首途を祝ひのむ酒のうまさ

奉祝歌

「紀伊短歌」昭和九年三月号（皇太子殿下御生誕記念奉祝号）

母よ妻よ出でて来て見よこの新聞とつくににまでほぎまつる態を

舗道の朝

アスファルトの香の生々し新舗道コツコツと歩むこの朝けかも

霧雨の岬の彼方消えゆくは熊野通ひの汽船なるらし

「紀伊短歌」昭和九年四月号

雨寒き沖には船の影もなしかすかにのこる一條の煙

夕べ潮のみちみち来れば渚辺に残る馬蹄のあと消えゆくも

〔附〕「消息」より「原ひろし氏　商用のため目下上京滞在の由」
「編輯後記」より「加太歌話会は不相変第一第三土曜の晩は拙宅で、第二第四日曜の晩は原君利光君宅交互に研究会をやっている」（秋石）

「紀伊短歌」昭和九年五・六月号

川端柳

久々に帰りし家の裏庭に一もと赤しさつきは咲けり

アツト思ひ手の定まらず打つ球のあやふく入りてジユウスアゲーン

春の陽を斜にうけて酒倉のかげはま白し川端柳

出来たての舗道に子等は集ひ来てトビトビ遊びの輪をかきて居り

附・四月加太歌話会詠草

大東京銀座の夜の只中に地下鉄工夫の顔のけはしき

「紀伊短歌」昭和九年七月号

弘前にて

津軽路のみ寺の朝を経の声静かにきけば雨の音する

梅雨さめは杉の木立にかそかなりカツコ鳥なく津軽路の寺

乗合の馬車にゆられつゝ新装の舗道の雨や弘前の街

初夏の独り旅なるつれづれはたゞたちかはる人の珍らか

山を出でゝ目路たちまちに開けたり水田の面に雨はれあがる

〔附〕

「選後短評」より「原君　出して来た原稿もあったが、東北地方の旅中から呉れた通信の歌がよかったのでそれを採った。君は既成短歌を少しも知らないが、私らのグルッペ中での異彩である。この頃大分歌らしくまとめて来たが、あまりまとまりすぎぬ方がいいと思っている、極く自由な作者であるから、その個性を光らせて行きたい。本号の五首、とりどりにいいと思う」（池上秋石）

「紀伊短歌」昭和九年十月号

粉河寺

石敷の長き参道に汗ばみて肌《はだへ》にすがし山門の風

粉河寺人影もなき茶所の奉納ふきんに秋陽あまねし

廻廊は冷々しかもめがねとり汗をぬぐへばひぐらしの声

藤崎はそこよと見えてゆく土堤に紅くつぼめる曼珠沙華の花

大樟の梢をもれて秋の陽のすぢ通る中に鐘楼は見ゆ

附・夏季歌会詠草（八月五日・加太磯ノ浦　原ひろし別邸）

山の家の朝はさすがにひえびえし蚊帳にさしいる陽かげこほしき

奈良公園

頭をふりふり我に集り来る鹿の背にほそほそとしてふる秋の雨

神ながらの春日の森をゆるがせて颱風ここにも狂ひたるらし

「紀伊短歌」昭和九年十一月号

今日一日の能率まさに百点と報告のありくつろぎにけり

復旧工事

竣工の目星見えしと気勢よき現場に立ちてわれもほがらか

初冬

枯れてなほ岩根にからむつたの葉の夕かたまけてそばへ降る音

かはたれのプラットホームに待ちにつゝ手の甲冷たし冬呼ばふ風

「紀伊短歌」昭和九年十二号

大銀杏伐られて久し門脇につけ値安しと未だ売られず
光源寺にて

コンクリートの地形出来をり又一つ新しき墓の作られるらし

科学的に説きてなぐさむ我なれど続く凶事に静心なし

燈籠の灯かげとぼしき参道を我ら歩めり黙々として

夜の神宮

手造りのここな部屋居や鈴ふりふり歌よみしてふ人のしのばゆ

本居宣長旧宅

昭和十年（三十歳）　二十一首・附一首

「紀伊短歌」昭和十年新年号

あんま

頼みおきし按摩待つ間をこやりゐて火鉢の炭のはじく音きく

しばしの間火鉢にかざす按摩の手電燈の下にふるへてゐるも

おのがじし話に興じ按摩はも手まねするらしかげうつり見ゆ

世間ばなしとぎれて強くもむ手先外の面は風のやゝおさまれる

聞ゆるは経済報のラヂオならむ昼近き床に起き惜しみ居り

能勢山上はるか見はらす茅渟《ちぬ》の海輝きわたり年あらたなり

附・新年歌会詠草（一月五日・和歌山市教育会館）

「紀伊短歌」昭和十年二月号

湯崎行

道すがら温泉《いでゆ》の里の言ひ伝へ節づけて説くバスの女は

海も山も古く見なれし道ながらバスの女の節のおもしろ

「紀伊短歌」昭和十年七月号

右に見え左にすぐる岩山を説かるるままに今更に見し

真暗なる海の彼方に消えともる燈台の灯をしまし見にけり

程遠く爪弾きの音にうつうつとまひるを独りよこたはり居り

軒近く雀群れなくひるさがり隣の客も帰りたるらし

「紀伊短歌」昭和十年八月号

あらし雨

沖をこめて妖しき雲の動かざり船のぼすらし浜人の群

浜の船のぼせおほせし海面はたゞに風雨の狂ひしきれる

涼風

夕べの風吹けば葉ずれのさはやかにのびきはまらんと青々し穂田

青稲田のつづくへだてて夕つ陽は工場の屋根に白く映え居り

「紀伊短歌」昭和十年十月号

巡礼は門に詠へて久しかもおそき朝餉を我はとりてゐる

〔附〕「紀伊短歌」昭和十年十一月号収録「前号社内評」より「原君、第一首（「夕べの風吹けば葉ずれのさはやかにのびきはまらんと青々し穂田」――引用者註）なんか味をやっている。しかし君の歌は生地丸だしの方がなつかしい」（雑賀精二）

「紀伊短歌」昭和十年十一月号

いたつき

子の服を編みつつ妻がゐる姿うつうつに見てわがねむりたり

ねむりよりさめし枕に人のけはひ未だも妻が毛糸あみゐる

おそろしき夢にかさめしほとほとに冷たき汗をかきてゐにけり

わが足にさやる廊下の板張りの冷たき朝は人のこひしき

ひるおそく起き出てわれや庭石に射す陽の光まぶしみにつつ

昭和十一年（三十一歳）　四十四首・附三首

「紀伊短歌」昭和十一年新年号

串本から古座へ

ひた走る夜は暗けれどこのあたりひるはよろしき浜道らしも

潮の岬の燈台はあれと運転手車とめつゝ灯は消しにけり

明日の道もくろみにつゝ心よき酔にいつしか寝てしまひたり

アンテナの高きに群れてゐる雀ひねもす啼くか啼きてやまずも

網はりて屋根を覆へる家多し岬の風のあるゝ日をおもふ

おろがむとコートをぬぎてうちあほぐ社の屋根にホホと啼く鳩

白き鳩棟にならびてみ社は朝日にきらゝ千木《ちぎ》光るなり

水際の古トタン家の前にして衣みじかき鮮人の子ら

鮮人の子等火をたきて遊ぶなり朝風寒き紀の川岸に

水際につみ下されし鉄骨に朝は風のつめたかりけり

鉄橋の一スパンづゝ組まれゆくリベットの音の此所にしてきこゆ

心ちよき爆音たてゝリベットの一つ一つが打たれゆく見ゆ

〔附〕「後記」より「先月に、脇坂、原、秦野、宮井君等香蘭に加入されたが、この度は又、茂田、清水の紀短二闘士も加入、中央歌壇にその勇姿を見せることになった。将来を刮目すべきである」（池上秋石）

山の温泉

混浴になれしものから山の娘《こ》ははにかみもせでぬぎて入り来ぬ

温泉《いでゆ》くみ洗濯すなる山の娘の黒き瞳に我ふれにけり

「紀伊短歌」昭和十一年二月号

断髪の若き女の湯上るをひそかに見れば乳房の豊けし

おほかたはむしり取られてみかん山わらの覆ひに照る陽さむしも

附・新年歌会詠草（一月五日）

吾子が顔視《まも》りてあれば血脈のつきずと思ふ目出度しと思ふ

「紀伊短歌」昭和十一年三月号

潮岬から串本

夕まけて名物風の吹き出せり風速計の急なる廻転

測候所現場

組み立てし鉄筋の揺れ止まらず岬の風はいよゝつのり来

工事場にコンクリを練る女人夫ショベル把る手のいたいたしけれ

砂利かつぐ女人夫の頰は赤し紺のかすりに風はらませて

ハーモニカの聞え来家を過ぎにけり庭に実れる夏みかんの木

大島に通ふ巡航船ならん赤き旗立て客を呼び居り

南海の楽園島といふ島のあはれ女のうつし地獄や

牡丹の雨

樋をつたふ雨音を聞く宵は寒しぬれしぼたんの白き色かも

浅宵の冷雨にぬれてぼうたんの花の白きが幽かにゆれゐる

「紀伊短歌」昭和十一年六月号

奥庭のぼたんの株に部屋の灯のやがてとどけば赤き花見ゆ

今を咲くぼたんに集ひ歌詠むと人等もだせばふる雨の音

「紀伊短歌」昭和十一年七月号

病む精二

窓近き山はまひるの陽ぞ光れ病床の人の語るすくなし

床の上に頭もたげて精二大人《うし》新緑の山をみつむる如し

梅雨空は今日も晴れたり夏山のかわきしささ葉を吹き渡る風

仙台行

気まぐれの旅の一日を妻が里の墓に詣づと仙台に降りぬ

みちのくの朝を小雨の降りいでて鋪道はすがしわれら歩める

「紀伊短歌」昭和十一年十月号

自動車のとまるななはち蟬の音の耳にかしまし八木山公園

大石のローラーひとつ暑き陽にすてられてあり山のグラウンド

さしかはす小松林の枝の間に陸奥の山々うちけむり見ゆ

妻がこと子がこと聞かせ歩む山話とぎれて松蟬のこゑ

人気なき公園の午后キヤラメルを猿になげやりてわれら遊ぶも

向つ山に木炭掘るてふ杭が見え小家一つあり人は住むらし

〔附〕「紀伊短歌」昭和十一年十一月号収録「紀短十月号紀行歌をよみて」より「原氏、加太でお目にかかった折、磊落な方だと思った氏である。殆んど毎月のように、旅から旅へ日を送っていられるらしい氏が、〝詠まざる歌人〟を以て任じていられてはちとさびしい。今輯の作品は、少し力弱い感じがした。豊富な御経験を内にだけ燃焼させず、ぎりぎり一杯の力ある作品を切に望む。畢竟芸術は〝我〟のものとも云えようが、氏の清澄な詩魂にふれたいと願うものは僕一人ではあるまい」（河野駿也）

秋たつ

「紀伊短歌」昭和十一年十一月号

秋たちて幾日経たらん旅の夜の宿の浴衣のうそら寒しも

夜の街に肌うらさむき浴衣着て旅人われのうれしかりけり

祖母《おほばば》の今はのきはに逢はせんと子を連れて旅の若き母親

祖母の里のことども子にきかせいたはりてあり若きその母

子供づれの若き女を中心に話はづめり船室の朝は

問はざるにおのが弟の放蕩など船客につけて女あさまし

附・歌会詠草（十月一日・和歌山住宅会社階上）

一つ家に一つ飯食み若衆等はこの幾月を妻子にあはず

工事飯場にて

暮まえの草根ほりして七回忌兄逝きし輪に我なりにけり

昭和十二年（三十二歳）　三十三首・附二首

「紀伊短歌」昭和十二年新年号

秋まつり

汽車の窓ゆ見てすぐるなりこの村も祭礼の幟はためきてをり

酒の酔に顔いきほひし年よりの黄の鉢巻きはよく似合ひたり

氏神の社にやあらむ獅子舞の笛にはやして村人の声

黄金波熟田は明し村はづれ祭の幟風にゆらげる

秋祭と今日を晴着の童《わらはべ》を村辻に見て我は過ぎ来し

「紀伊短歌」昭和十二年二月号

母校

窓の外の公孫樹並木や校庭はうち時雨れつつ黄に烟るなり

落合に葬りし吾子がおもひでを会へば告《の》らする先生なるも

今は亡き吾子を抱きて記念日に妻と訪ねしみ部屋なるかも

老侯の遺愛の庭の雨は止み師に話きく部屋はぬくしも

大隈会館にて

雨やみて秋陽さし入る書院内師のふるまひのひる餉いただく

師の君の元気かはらねみ頭にふえし白髪は我れ見のがさず

「紀伊短歌」昭和十二年三月号

須坂より浅間温泉へ

滑《すべ》りつゝ須坂に下る雪の道茶屋見え初めぬ杉の木の間に

友と離れ一人降り行く須坂道「山の神」これと見てすぎにけり
山神といふ小さき祠あり

雪わづかなだりに残る麓道かつぐスキーの重たくなりぬ

一人来し温泉《いでゆ》の宿は正月の三日といふに宵寝せりけり

或る夜の歌

落合にはふりし日なり吾子が事を妻のいひ出てひそかなる夜や

薬代に賃縫もせしその頃を今宵ひそかに妻は語るも

「紀伊短歌」昭和十二年五月号

旅愁

ひとり来てあるじ変れる湯の宿に何やら淋し夕餉食しつゝ

経営者のかはれば宿の女中等の落ち着かぬらしきふるまひの見ゆ

朝の湯にわが浸りつゝふるさとの生れて間のなき児を想ひ居り

〔附〕「紀伊短歌」昭和十二年六月号収録「前号同人欄合評」より

○原浩氏

ひとり来てあるじ変れる湯の宿に何やら淋し夕餉食しつゝ

（利光）原君の悪い半面を遺憾なく暴露した。何よりも題材が常凡で、心境が安易だ。電車の中ばかりで作るとしても、も少し力んで貰い度いもの。

（茂田）実際、原君としては不出来な歌である。明朗性を帯びた君としては、何やら淋しなどの歌を作らず真向から自然の中に突進して行く歌を希望する。左様した傾向では佳作が君に多くあるのだから。

「紀伊短歌」昭和十二年六月号

芥子の花

境界の赤き標杭をかぞへつゝいさゝか汽車に乗りあきにけり

夕暗のやがてせまれば白き花芥子畠のみ走りて去るも

車中

夕暗にほの白き花の芥子畑の続くかぎりを我が汽車は行く

柚もなか持ちて帰るを幼な吾子の未だ眠らず待ちてあらんか

「紀伊短歌」昭和十二年七月号

渡鳥

果しなき荒野を分けてゆく汽車の眼近きあたり熊笹のむれ

新みどり豊けく丸き中島の湖に浮く態は乳房にも似し

天然の岩の浴室《ゆむろ》はコリンシヤンの見にくき柱立てゝ居にけり

大自然の湖水のふちにこれはまた見苦しき家々軒を並べたる

いたましくたゞれて赫き駒ヶ岳くぼみし所煙たつ見ゆ

大空にもく〳〵と立つ白煙のきはまる見れば雲と通へり

熔岩のたゞれ赫きに陽の照ればコバルトの空にくつきりとそびゆ

噴火湾遠く巡りて来し汽車ゆ蝦夷富士はろか未だ見え居り

暮れ残る空にかなしき渡鳥今別れ来し人の想ほゆ

附・加太歌話会詠草（六月十九日・池上秋石宅）

小さきながら今年初めてなりしびは食べてみませと吾にすゝめたり

「紀伊短歌」昭和十二年九月号

附・海水浴歌会詠草（八月八日・加太町利光氏邸）

海原は日昏れるおそし大空の片辺にやけて朱き夕雲

昭和十三年（三十三歳）　十三首

感冒

かりそめの風邪と思ひつゝ正月を十日餘りは寝てしまひたり

十日餘り風邪の床にふせる間に我子らは我になつきおほせり

「紀伊短歌」昭和十三年二月号

吾が顔みればうま〳〵と言ふ癖のつきたるあこの可愛くはなりぬ

心配はいらぬと医者はいはるれどむづかる吾子に心落着かず

久久の湯浴に熱けの汗を落し肌さは〳〵し安らけく眠む

〔附〕「紀伊短歌」昭和十三年三月号収録「批評」より「原氏　極めて平易にすらすらとうたわれていていてしかも味いの深い作品揃いである。／かりそめの風邪と思ひつゝ正月を十日餘りは寝てしまひたり／裏面に作者の述懐こまやか」（山口重次郎）

靖国神社

皇国を身もて護れるはらからの永久に鎮もりませるこの宮

新しく此処に合せて祀らるる誉れに眠れ安けくとはに

「紀伊短歌」昭和十三年六月号

額づきてしばしは動き得ぬ人に抱かれし児の合すちさき手

香具師《やし》屋台つらなる露店のざわめきもたゞひたすらに参る群衆

「紀伊短歌」昭和十三年七月号

淡路島

船出ずば出ずともよしこの島にうつろ心に一日過さむ

浜の子の赤き髪吹きみだしつゝ風を残してしけ晴るるらし

しけあとの磯におりたちざる持ちて何をあさるか浜の童べ

麦の穂の豊に色ばむ島盆地山のかたへは雲切れそめぬ

昭和十四年（三十四歳）　六十一首・附一首

「紀伊短歌」昭和十四年新年号

○○にて

第一門入りて聞ゆる奏楽は軍艦マーチの練習すらし

冬空にすら〳〵と揚りたり練習マストの旗のいろ〳〵

衆目の路上に伏して陸戦隊市街戦演習今さなかなり

「進め！」のラッパ聞ゆとふり向けば着剣の兵群いきせきて来も

プロペラの音する方はガッチリとアンテナ塔の立てる碧空

アンテナの鉄塔高き冬空のはたてに去りし編隊飛行機

「紀伊短歌」昭和十四年二月号

夜の宮嶋

社務所のひとつ灯がまたゝけり長き廻廊を我が歩むおと

足音のみ高くひゞける廻廊のましたは潮の満ちゐるけはひ

高潮に工夫せしてふ板張の隙間は足にさはりつゝ歩む

みち潮に立つ大鳥居のかげ黒し三日あまりの月のするどさ

ほのかなる灯《あかり》とゞきて白き毛の神馬見えたりたて髪ゆれて

七度目の新年を迎へふるさとに深く馴染めば落付くらんか

我と我が心はづめり三十萬円の工事をもちて正月あけぬ

スキーを思ひいらだつこゝろ汽車のまどに雪ふる山を眺めて居るも

朝鮮の旅

つたの葉のからむにまかせ南大門にぶき入陽に大きかりけり

石築《いしづき》にからみて紅きつたの葉や南大門は入陽に建てり

「紀伊短歌」昭和十四年三月号

幾年を古《ふ》りし甍《いらか》の色かなし忘られし如《ごと》街にたつ門

城壁の跡はも見えず楼門のただぽつねんと建ちて大なり

街道のポプラ並木や青き袴の朝鮮娘ら手をかざし来る

青き袴の娘は吾に手をかざし何か言ふらし朝鮮ことば

紅葉《いろ》づきし金剛園ゆ下る道白き烏《からす》の飛び立ちにけり

白斑の朝鮮烏声なくて真澄の空に飛び去り行くも

十年へて友と語らふ夜の更けは出湯の音のかそかなりけり

白楽荘

地鎮祭すみにし宵やほろ酔ひてふり出でたらし雨を聞き居り

窓《まど》の外の雨音ききつつ今日の日の盛典の態《さま》を想ひ我居り

「紀伊短歌」昭和十四年四月号

椿の葉にふる雨音のかそかなりこの浅宵を一人し坐《ゐ》るも

夕まけて馬目《ばめ》のしげみに降る雨のかそけき音や春近きかも

温泉の流るる音と雨の音と静かにふけて酔はまはりぬ

〔附〕「紀伊短歌」昭和十四年五月号収録「病閑雑筆」より「原大人の歌については、今日も先生とお話したのであったが、無造作に作っていたのが知らぬ間に歌らしくなって来て、駄作もあるが中々安打をちょい〳〵出しているのが面白い。歌を作るのにも何ら屈託がなくさらりとやってのける。これで本腰を入れられたら一寸おそろしくなると思う。椿の葉に、の一首などはいいと思う」（雑賀精二）

〔附〕「紀伊短歌」昭和十四年六月号収録「業間言㈢」より「白楽荘――原ひろし／「地鎮祭すみにし宵やほろ酔ひてふり出でたらし雨を聞き居り」これ見てくれのない素直な、こんな歌はありがたい。構え心がなく、神の前に額づきて祈念する純真な心が尊い。大衆を目的としない処に秀れた作品が生れる。／万葉集中の傑れた歌というものは、自己の心を他の一人にのみ伝え、二人以上に亘る目的の表示ではなかった処から生れたもので、所謂個の芸術であったからであると思っている。／この作者は多忙な仕事を持っている為に歌に対する熱意に乏しいように思っていたが、こんな純真な作品の生れる素質があった事をうれしく思わざるを得ない」（日根守）

「紀伊短歌」昭和十四年五月号

療養所地鎮祭

大君の大御心と畏みて告《の》らす式辞に頭下りぬ

大御心かしこみて建つ療養所を請けしほまれは永遠につたへん

美熊野の大海原を見はるかす此処にこそ来て傷痍《きず》やは癒えめ

紀の国の尽きぬ温泉《いでゆ》は同胞の尊《とうと》き傷痍《きず》を養ふところ

「紀伊短歌」昭和十四年六月号

浅春譜

うつせみの運命《さだめ》と耐えて遠く行く人は語れりま悲しきこと

うつせみの運命はかなみ別れゆくひとを思へど術《すべ》なかりけり

いま別れいつ又逢はんこの夜半を黙《もだ》しては増すさびしさに居り

瀬戸海に浅春の陽は静なりうつろ心に帰り来るわれ

〔附〕「消息」より「原ひろし氏　紀伊無盡株式会社の重役となる。同氏の重役たるもの、加太電鉄、和歌山住宅等々。最近化事にて益々多忙、北海道往復一ヶ月二回のレコード・ホルダーたり。」

「紀伊短歌」昭和十四年七月号

稚内桟橋

朝霧に降《お》り立つ駅の稚内人列なして船につづけり

連絡船に吸ひ込まれ行く人の群霧たちこめし朝の桟橋

おほかたは東北なまり樺太に夏をかせぐと行く人の群

山蔭は雪まだ解けず自動車をおりて押し押し進みたりけり

此処の児等長靴はきて遊び居り雪解の水の流るる道に

今発ちし連絡船のかげも見えずたちまちにして覆ひ来しガス
宗谷岬にて

ガスこめし岬に立ちて燈台の霧笛聞き居れば国の恋しき

周期的に鳴らす霧笛は帰り行く我を追ふ如《ごと》聞え来にけり

妻が兄と枕ならべて寝ねにけり蝦夷の果なるこのはたごやに

「紀伊短歌」昭和十四年八月号

奥地の旅

散りがての桜みにけり五月末一夜を馳せて来し函館に

電飾の輝きもむなし初夏の夜をふく風に桜ちり居り

五月末下北半島の荒野をゴト〳〵の汽車にゆられて大湊にゆく

稚木のまま赤枯れし松の並み続く下北の野に今日来つるかも

行けど行けど人家《ひとや》は見えず笹叢《ささむら》の丘をへだてて菜種《なたね》咲くなり

枯松《かれまつ》の荒野をはろか夕つ陽に波しらけ立ち津軽の海見ゆ

「紀伊短歌」昭和十四年九月号

附・加太歌会詠草（八月二十日・雑草庵）

沖の島地の島ならぶ沖つべに潮がすみして淡路島見ゆ

〔附〕「紀伊短歌」昭和十四年十月号収録「消息」より「原ひろし君・利光平爾君　二君打揃って、北陸巡遊、佐渡までのし、東京を経て、九月十四日帰宅」

「紀伊短歌」昭和十四年十一月号

港の夜

あくがれし畳の上に久々にあぐらをかきてうたふ歌ならん

カラカラとひとりはしやぎて去《い》にし妓の帯の緋バラの眼には顕ち来も

ぞめき声隣に聞きつつ旅の夜に酒つぎくれし妓の白きゆび

宴会の片付けするか夜の更けて廊下行き交ふ跫《あしおと》のする

なやましく頭冴え来て寝つかれず雨音は風の吹きつのるらし

「紀伊短歌」昭和十四年十二月号

箱根

名のみ聞きてあくがれて来し山の宿木《こ》蔭《が》くれに見ゆるそれらしき門

宿の名を大きく書ける番傘をさしかけにつつ迎へたりけり

夕雨にぬれしコートは先づ脱ぎて恋《こほ》しかりけり宿の火鉢の

濁《にごり》湯のその湯の臭ひ沁む肌に夕《ゆふべ》すがしく風出でにけり

昨夕《よべ》の雨の名残か霧の立昇り山峡の街は夜の明くるらし

風渡る薄《すすき》山原山の上に富士が嶺《ね》高く晴れわたる空

〔附〕「紀伊短歌」昭和十五年新年号収録「前月作品評」より「原君　旅行の歌いつも面白く拝見している、こらずたくまず、すら〳〵とやるところ君らしい歌が出来るが「宿の名を大きく書ける番傘をさしかけにつつ迎へたりけり」結句は「られたり」ではなかったか。すら〳〵流の失敗かと思う。「濁湯のその湯の臭ひ沁む肌に夕すがしく風出でにけり」一杯きこした作者が見える。「昨夕の雨の名残か霧の立昇り山峡の街は夜の明くるらし」箱根山らしい佳作」（茂田奇夫）

昭和十五年（三十五歳）　五十首・附一首

「紀伊短歌」昭和十五年新年号

箱根

風渡る薄枯穂の山の原山裾はろか碧きみづうみ

昨夕の雨けろりと霽《は》れて聳《た》つ富士の雲一つなし澄む秋の空

山腹《はら》に白き湯煙ほのみえて薄《すすき》の路は鳴く鳥もなし

温泉《いでゆ》涌くその湯けむりの白き山紅葉は未だ色づきかねつ

冠山《かんむりやま》の紅葉やうやく色みせて山峡に立つ白きゆけむり

ブツブツとガス噴き立てて涌く湯元大涌谷は黒き山肌

〔附〕「紀伊短歌」昭和十五年二月号収録「作品評」より「原君の歌は肩が凝らぬ。淡々と詠ひ流して居る点は微笑ましくもあるが一面食い足りぬとは言われるかも知れぬ。然しよくあの忙しい身体で出詠を続けられると感心して居る。毎月殆ど旅行の歌だが、今月のは皆よく揃って居る。第一首、第三首なんか佳作。第二首〝富士の〟の〝の〟と結句の名詞止めに今一工夫あり度きもの」（利光平爾）

「紀伊短歌」昭和十五年二月号

旅情

千早振る神の秘事《ひめごと》幾千年そこひ知られぬ芦の湖

足曳きの山並みうつす芦の湖の岸辺木の蔭遊ぶおし鳥

雪いまだ降らぬ神山の姿《かげ》うつす湖の面をかすめボート走り来

宿の下駄突かけ出れば九里香《もくせい》の香りただよふあはれ湯の街

木犀の花の香りや亡き人を思ひ出につつ宿を発ち来し

附・一月歌会詠草（正月七日・紀伊無盡株式会社会議室）

欧洲は国々相ねたみ戦ふ時わが皇国に春は明けにけり

〔附〕「紀伊短歌」昭和十五年三月号「作品評」より「原氏　一首目、云っている事は解せるが歌はこれでは心細い。二首目珍妙な作だと云っては悪いが自然と読んで笑って了った。四首目原氏らしい歌。五首目、四句が悪い。今一段の推敲で光ると思う」（吉野民夫）

「紀伊短歌」昭和十五年四月号

紅の色

君癒ゆる日の近からむ鶏頭の紅《くれない》あせて秋更けにけり

朝に日に裏山紅葉色まさん心うつろに眺めては居れ

軍属にて二人は征きぬ病みつきて二人は臥しぬ秋ふけにけり

さらでだに忙《せわ》しき秋を人こやり西に東に暇なし吾は

谷川の流れは愛でず草枕旅寝の宵しいやはやにねむ

古釘の歌

「紀伊短歌」昭和十五年六月号

朝けより金鎚の音す老母が今日も古釘打ちのばし給ふ

裏庭に古釘延ばすと打つ音のコンコンと響き静なる朝

戦時下は古釘のばし打つ業《わざ》の母と妻とが仕事とはなりぬ

二人して延せし釘はこの十日三樽になるよと母は笑ませり

廃品の再生こそは事変下に聖《たふと》き業とはげむ妻が手

一本の釘も大事と母上は御手あらすことのいとひ給はず

赤錆に指染められし母が手を金床の上に我は見つるも

金鎚を持たせ打たせせと祖母《おほばゞ》のかたへに坐り幼な吾子ども

裏庭の筵の上に母と妻が一本一本のばす古釘

森下豊君の応召に

君よ征け君がんばれよ大陸の和平建設も遠からざらん

岡山城

天守閣の五層の上ゆ眼下の後楽園に麦の畑見ゆ

旭川をへだててみおろす後楽園青葉若葉に水めぐるには

「紀伊短歌」昭和十五年七月号

新緑の後楽園の池際につつじか花の群れ咲くが見ゆ

淀みつつ又流れつつ旭川めぐる麦畑青く涯なし

若葉風襟に爽けし烏城五層の上にしまし停《たたず》む

見返れば若葉の森の岡山城白壁に映ゆる真陽の輝き

〔附〕「青樫」と「あらたま」

ジヤスミンのその黄の花が今日ひとひ面あげねばわけるうれひか
ジヤスミンの黄なる花散り五月逝き罪ならぬなきわれ等なりけり
ジヤスミンのすこし寂しき花かげに面伏せて逝く春のもの音

右三首は、秋田篤孝氏の作品である。

さて右の三首は何を表現しているか。曰く五月の淋しさである。それは解る。然しその表現方法に於いて多分に、筆者などと道をへだてている。この作者は、真正面から境地というものを自分の感情で律し切っている。それもいいが、第三者をまでそのまま引きずって行こうとしているが、作品に於いてその力が弱いために効果をあげていない。むしろ反対に境地の中に作者を生かそうとして呉れたら、第三者としても、知らず知らず引き入れられると思う。

右と同じ事が、遠山英子氏の作品についても感じられる。作品の三四をあげれば、

たゞかひしかちどきの日のよりどなさ無言なりけり穂麦の青さ

ゆく末を思ふにあらぬ滲みきし涙にあをき野の五月なり

すかんぽの花の赤さにそむき来て何つぶやきしや風にとらるる

新しき手帳に書きし詩などは地上のなにささげんとする

以下同人の諸作品を全部に渉って拝見したが凡そ自分らの行き方と似たものもない。然しみな主宰者の歩みに調子を合せている点は敬服に値すると思う。

×

米よりも藷の多き粥を朝に食ひ食欲すすみて仕事をたのしむ

日に日に代用食に堪へにつつ銃後の勤めは断じて行ふ

ただ思ふ発育盛りの子供らの腹一つぱいに充さしめたまへ

第三首は「あらたま」の樋詰正治氏の作である。前掲の、青樫の作品と比べればおもしろいと思う。前の作に比して、いたって現実的であるが、また至極散文的である。然し迫力はわかる。前のも行きすぎであるが、これらの三首も、亦少し行きすぎている感がある。青樫は、ポイントを右にそれているとすれば、これはまさしく左にそれているのである。次の國枝龍一氏の作、

夕べ雲寿山の西のはろかなる海の上と思ふ空に映えつつ

これなどは中を得ていい。歌はここらで我慢してほしいものである。同氏の

わが病気見舞に賜びし百合の花閉め籠る部屋に終日匂ひぬ

青銅の口大き壺にいつぱいに百合の花を挿しコスモスを添ふ

なまぬるいと言えば言える程度ではあるがこの程度ならば十人が十人共肯定して呉れると思う。

濱口英子氏の作もこれと凡ぼ同等であるが気取ることなしに平明にやられていいと思う。

頭をうたれ死せる少女の志那兵にふかきあはれをいひてよこしぬ

歌はむずかしいものとつくづく思う。

〔附〕「後記」より「原君は青樫とあらたまの読後感を書いてくれた。同君この頃、スイッチの切り換えに草疲れたためか少しこたえていられるが、二三日汽車旅行をつづければ直ぐ又治る由。」（池上秋石）

〔附〕「紀伊短歌」昭和十五年八月号収録「前月作品評」より「相変らず車中の走り書らしい。淡々とした中に人柄が滲み出ている。しかし結局は長編力作ではなく一首随筆程度。紀伊短歌の一異彩たるを失わぬが」。（利光平爾）

「紀伊短歌」昭和十五年八月号

入院雑感

贈られしカナリエンスの鉢植の青き葉群の生き生きしかも

鼻の上に氷嚢乗つけ手術後は家も仕事も思はざりけり

西陽さすベッドの上に長々と熱の出ぬ日は人の恋しき

窓よ見ゆる松の青葉の爽《さは》やかにいたみも熱も出ずなりにけり

窓の外は松に朝陽の輝けり熱出ずなりて二日経《た》ちぬる

潮岬

真夏夜の岬の道の月の冴え歩きたくなりてただに佇めり

潮風はむしろけ寒し岬の道月冴ゆるままにひたすら歩む

「紀伊短歌」昭和十五年十月号

月光に冴えて真白き燈台のその光芒のまばたきあはれ

縁近くよべ見たりける浜木綿の真白き花に夜の明くるらし

太平洋の水平線に昇る陽の赤く大きく輝きわたる

海も空も芝生も松も浜木綿もただ金色に明けわたるなり

本州の最南端の潮岬黒潮旅館に一夜明けにけり

縁側ゆ直《ただち》に広き大芝生太平洋は一望の内に

芝の原はろけき方に牛が群れ紫紺の海と白き夏雲

黒潮の今朝はま近く寄せしとふ眼下の磯に鰹釣る舟

十五年八月二十日

〔附〕　あらたま九月号読後感

あらたま九月号は、陳奇雲追悼号となっている。堂々百三十四頁である。年譜を見ると、明治四十年二月二十一日に台湾に生れ、昭和十五年六月八日、台湾にて死去、享年三十四。

同人諸氏の追悼録をみると、可成薄命の人らしかったが、実に感心な人であったらしい。殊にあらたま同人諸君に愛された存在であった事がわかるし、樋詰正治氏等に特に目をかけられていたらしいが、氏が又、樋詰氏等に対する真情を思えば、内地人でもこれだけの人はごく少ないと思って胸があつくなって来る。兎に角あらたまにはよき存在であった事が事実である。

樋詰氏の追悼歌の一首

清らかに君はこの世に生きにけり又清らかに死にゆきにけり

とあるが、私もこの歌に同感である。清らかに、樋詰氏は歌っているが、私は又同氏の温かい気持に感動させられたのである。

老いまして先生のへにいのち終はるさきはひと思ひ今日ぞ嘆かふ

これは、中尾徳蔵氏の作であるが、樋詰氏と陳氏との関係をこれに依ってうかがい知られると思う。
以下、遺歌稿としてのせられた数首について、少し書いてみることにする。

病みやすき夏が来れり病みこまぬうちにいろいろ仕事したきかな

陳氏は持病として喘息をやったらしい、写真を見てもあまり丈夫そうでもないが、その同氏が、あらたまの雑務万事を自分一人で責任をもってやっていたらしいが、この一首は実にその消息をよく描写している。少しも構えずに、肚から出した詠嘆である、斯うした作品は、そう簡単に出来るものではない。

眠れねばつひにあきらめ起き出でて爪切りあそぶ夜あけ近きに

同氏の生活は可成困っていたらしいが、最近はや、ゆとりも出来て幸福であったらしい。喘息持ちで神経質らしい作者の性格が出ている。

ランニングシヤツ一枚にて子供らは布団はねのけよくぞねむれる

左様した作者がよき妻君と子供とのさゝやかないとなみに幸福を感じている姿が、これでわかるではないか。

わが買ひし酒と貰ひし酒とならべ幾種類かになれるたのしさ

喘息病みの氏が酒が好きだとは少し困るがこれも過去の同氏を回顧しているとい
ちがいに、きめつけるのも気の毒である。

棚あくればわづかなれども幾種類かの酒ありと思ふ真夜のたのしさ

酒を好む人の真情はまことにこれである。
前の二首にこの歌など、別に佳作として、押す歌ではないが、いつわらぬ歌、作
者の素直さをそのまゝ出した歌、として好感がもてると思う。

なかなかにさかしきことを子は言ふなりそを入れくるる世の来らむか

作者が将来に対する希望、理想なども考えられて好もしいと思う。
右の六首であるが、歌の絶対価値から言えば、未だ未来があると思うが、内地人
でなくここまで到りえている事は偉大であると感心させられる。
この人を失った、あらたま、の損失はけだし小ではないと思う。
序でに、平井二郎氏の追悼歌三首を。

はげしき気象をつつみて耐へ生きし友の一生を尊く思ふ
本島人に生れたるゆゑわが友は一生苦しみぬ業のごとくに
日本人になりきりをりて本島人ゆゑ本島人として一生あつかはれき

×

以下、同号の同人諸氏の作品に少しふれて見ることにする。

國枝龍一氏の

　近衛公再び登場すあなさやか光りつつ匂ふ若葉朝風

相となるは栄達にあらず経綸を世界に示す者の立つ地位

前の歌はいいが、この歌の、立つ地位というのは、上句にそぐわない。

　近衛公かつてなしたる声明の一部となして身を立て給ふ

　新らしい政治興るとあなあはれ崩れゆく政党に弔旗ひるがへる

　永井柳太郎脱党すといひ旧政党崩壊すといふのみにては未だ

　うら深く根を培へる国民の総意ぞ今は芽ぶかむ時か

これらはいい。

最後の一首

　男の子なれば立ちて尿をするしぐさ生意気なれど可愛くなりぬ

これは少しあまいと思う。

樋詰氏の二首

古稀にして海南島に征く君のその雄心に恥ぢつつ吾は

右は、マラリヤ研究の権威羽島重郎博士年七十、今次海軍嘱託として海南島の戦線に赴かんとす、即ち同志相寄り壮行別離の宴を草山に催す、席上よめる歌、との詞書があるがその席上詠としては、真情流露したいい作と思う。

月の夜の椰子の疎林を地にうごく葉影ふみゆきうら寂しけれ

結句も上調子でなく地に足がついている。

濱口英子氏の

蟬の声しきりに降れりかかる夕は子らと散歩の手をつなぎ度し

はいい、他に四首あるが、これはとれないと思うが、この歌などは全的の歌である。作歌態度のしっかりした処、学んでいいと思う。

以上、大ざっぱに書いたが、読後感としては、未だいけないが、紙数の都合で、他の事にふれ難くなった、この辺でうち切ることにする。

紀伊短歌にも、陳氏の様な人が一人でも居てくれたら、先生もやりよいし、みんなも幸福と思うが、誰か一人、紀短を背負って起つ苦労人は無いものか、私は買うて出たいがその柄でもない、燈下親しむべきの候諸君の御精進をのぞむや切。

「紀伊短歌」昭和十五年十一月号

初秋の旅

旅に来てさぶしきものか島山に夕餉の煙ただよふを見つ

旅行けば瀬戸の内海に沈み行く夕陽をみつつあはれと思ふ

たそがれの門辺に遊ぶ童らの人待ち顔の旅に親しき

昭和十六年（三十六歳）　十六首・附一首

「紀伊短歌」昭和十六年二月号

附・新年歌会詠草（一月六日）

除夜の鐘鳴りおさまりて時たちぬひとり居の部屋に炭おこる音

「紀伊短歌」昭和十六年三月号

周防にて

基礎工事の検分をへて丘の道を今宵の宿に我は急ぎ居り

池の面にうつる焔のあかあかと芝焼くみれば夕づくあはれ

あかあかと枯芝をやく池の土堤日暮は殊に静けかりけり

めろめろと燃えてひろがる枯芝生守る人もなしみて過ぎ行くも

乗り遅れ一列車待つ待合室夕づく頃を心落つかず

人混みの待合室に灯のつけば人の恋しき夕なりけり

再び周防にて

早咲きの八重の桜の咲く丘は霞む内海の嶋みゆるなり

うち霞む瀬戸の内海の遠近の嶋にも花の咲き出づるらんか

「紀伊短歌」昭和十六年四月号

作業場の隅に一本若桜この春にあひ蕾もつらし

工事場の丘の彼方の松並木松の間すきてみゆる網船

丘を越え行く街道は又丘の墓原を断ちてただにつづけり

新しき石碑も立てりこの丘のあはれ墓原に降る小糠雨

三月廿三日

日和山

春おそき花にあひにけり日和山海をにらみて立つ晋作の像

晋作の大銅像の台石をめぐりて咲ける山つつじの花

「紀伊短歌」昭和十六年五月号

〔附〕「前月号読後感」より「原ひろし君は何でもなく歌をデッチ上げるのが上手である。勿論寧日なき君には苦労して、歌を作る暇などはあろうとは思わぬが、も少しスヰッチの切り替えを上手にやって歌の方に苦労されたら、恐らく有数な作家であろうと思う。」（雑賀精二）

「紀伊短歌」昭和十六年六月号

連絡船

関門を往き来する船をうちみやりしばし仕事を忘れむとせし

図面ひろげ壁坪を拾ふ夜の更けを連絡船か太き笛の音

昭和十七年（三十七歳）　二首

十二月集

「紀伊短歌」昭和十七年十二月号

船の上ゆ見し山畠は芋の畑芋を作りて人は住むらし

井戸ありて豚を飼ふありこの島にゐつきて住める人らあるらし

昭和十八年（三十八歳）　七首

「紀伊短歌」昭和十八年一月号

〔附〕「編輯余録」より「私は又町内会長を重任した。加太では利光君が町会長になった。忙しい原浩君も町会長におさまった。七町会長のうち、三つの席を作歌人が坐って仕舞ったわけである。お互に忙しい〳〵とこぼしていながら、これもご奉公と思えば止むをえないわけで、進んでやっている。」（池上秋石）

「紀伊短歌」昭和十八年二月号

島

行きあへる船も灯りのみえざりけり管制の海をただにすすむも

土のある限りは山の頂きまで拓きて島に住みつきしならむ

山一面石築きなせる段々は城砦かとも思ふ芋畠

潮風に錆びし石築きの段畠は代々に伝へて守り来し山

麦の芽のぽつぽつ生ゆる浜畑路添ひにして咲ける寒菊

山拓く工事始めて今朝もとく島長の娘も出で行きしてふ

ひゆうひゆうと潮風吹けば畚《もつこ》つる島の娘の手の赤きかも

〔附〕「消息」より「原浩君　去年呉市にて発病入院、二月初旬帰加目下静療中　御全快を祈る」

昭和二十二年（四十二歳）　四十九首・附二首

「紀伊短歌」昭和二十二年八月号（再刊）

大谷村

柿の木を消毒し居し噴霧器をほり出して我を迎へくれつも

ありしごと磐若《はんにや》の面のかゝり居り久に訪ひ来てうれしきこの家

訪ふ主の留守待つひまを家人と語りほほけて夕づきにけり

待ちわびし主帰れば終列車おくるもまゝよ語りつゞくも

あるなしの風にかそけき柿の葉や夕づく頃を鳴き出る蛙

柿の葉にそよぐ夕風家裏に未だも聞ゆ麦扱く音の

ふるまひの酒のほろ酔ひ話の間聞けば聞ゆる麦を扱《こ》く音

梅雨晴れの空暮れかゝり白煙麦がらを焼く煙なびけり

白煙ひくく地に這ふ暮れ方を麦がら焼きて集ふ童

麦がらを焼く白煙のうすらぎて赤き火となり暮れ果てにけり

あかくと麦がら焼く火に見ほけ居し我をかすめて飛ぶほたるあり

蛍火はかなしきものか消つ燃えしつ藪の彼方に飛び去りにけり

〔附〕「紀伊短歌」昭和二十二年九月号収録「歌評随筆」（河野駿也）より

大谷村　　　　　　　　　　原ひろし

一連くったくがなくていずれもおおどかである。悠々として歌をたのしんでいるところにこの人の好さがあるが又軽きに失する歌も交ってくる。一連中では「柿の木を消毒し居し噴霧器をほり出して我を迎へくれつも」をとる。日焦けした田夫と作者との友情のふかさも端的に表現し得て妙である。

直川観音

石段を覆ふ青葉を透きてさす陽すじにまだら友の顔はも

石段を登りおほせば寺庭の桜葉に朝の風すがしもよ

ベンズルは戒められて堂の外に赤き顔して坐してゐませり

通されし座敷の縁に上衣脱ぎ聞え来ラジオは庫裏《くり》の方かや

縁先ゆ竹藪越して見下せば紀之川べりはたゞ麦畠

麦の穂に風波立つか白に黄に色うつりゆく遠つ麦畑

庫裏出でて酔ひの眼に見つけしはベンズル様の赤きあの顔

〔附〕「紀短管見」（塩崎曠）より

○砂利かつぐ女人夫の頰の赤さ紺のかすりに風はらませて　原ひろし

同氏の歌は同人中最も取材が広く、殆ど全国を吟行されていられる感がある。しかもこの一首に於ては同氏の生活より沁み出た実感と迫力が取材された女人夫と混然として一名人物画が描き出されている。しかもそれが単なる肖像画ではなく動いている。しかも立体的な彫刻的な生気をもつもので紺絣の匂さえただよう名作。

〔附〕「歌評」（茂田奇夫）より

○万歳を叫ばんとして声に出ず手をあげしまゝ眼うるみぬ　原

せっぱつまった言い方に作者が出ている。同感の出来る歌である。余程緊張した国民的感情が調の上に認められる。

○上りつめ桜葉茂る下に座し汽笛を遠くききて汗ふく　原

これは又伸び切った言い方である。作者の態度を説明しただけのもので淡々流の歌としてはあまりにもごたごたしている。

「紀伊短歌」昭和二十二年九月号

宮津行

弁当もろく〳〵食へず浮浪児のむらがりたかり食をせがむも

空かんや折箱を手々に持ち我が鼻先につき出して乞ふ

ありつきてパンのカケラをしやぶり食ふあかにきたなきその子の手足

人の世の恋てふものを知るやこのやせて色なき女浮浪人

むしにむす押込列車に汗あへぎ尚幾時間立たんと言ふか

貨物車に詰め込められて汗だくの眼にうつる保津の渓流

素裸で保津の流れの岩淵に泳ぐ童も見て走りけり

與謝の海めぐる岬の山の端に月登るらし海面しらけて

月光にさだかならずも陸山を背負ひて黒き天の橋立

更けすぎて蚊帳には入れど寝つかれず裏山にして鳴く虫の声

海よりの風にふくらむ蚊帳内に聞くは秋の虫チチと鳴く虫

與謝の海末だあけぬに漁行《いさり》くポンポンの音しげくし聞ゆ

畳の上を逼ふ小蟹あり逼《は》ふにまかせ遠いかづちをききて我居り

高野山

ほの暗き御堂に鐘の音こもりともしびゆらぐ朝のひととき

経の声鐘にこもらふ堂内に泣きたきばかり心澄み来る

「紀伊短歌」昭和二十二年十月号

寺庭の杉の梢に千切れ飛ぶ雲に見入りてわれ一人なり

夏雲の名残りの雲か白雲の相寄る見れば又千切れとぶ

うつそみの逢ひも別れもかくばかりはかなく消えて飛ぶ天つ雲

我が歩む道の片へは槇ばかりむべ人の云ふ高野槇これ

日ならべて雨のふる日は窓によりぬれしリンゴの樹に見ほけ居り

昨夜の雨の未だ乾かぬ枌《そぎ》屋根にをりゐて遊ぶ尾長き小鳥

何鳥か尾長き小鳥ら屋根の上に歩き廻りてとばんとはせず

鈴虫のなく夜を一人寝る寺や犬の遠吠声かすかなり

御影堂の裏の小道や杉並木若き尼僧と行きあへりけり

いつの日にか我弔はれんよすがにと珠数を買ふなり吾妹のために

曼珠沙華

「紀伊短歌」昭和二十二年十一月号

稔り穂の葉先ゆとびて稲子《いなご》ひとつ今を花さく曼珠沙華の上に

通ひなれし山の道なれ朱の色の見る目まばゆき曼珠沙華の花

曼珠沙華はな咲く山のこの道を通ひ初めてゆ二年は経ぬ

朝もやのま白く覆ふ峡の小田稲苅る音はもやの底より

山峡はもや晴れゆけば稔り穂の田の面豊かに朝陽さすなり

昭和二十三年（四十三歳）　十六首

粉河寺

石段を登る男女の二人づれ楓もる陽はその背の上に

おろがみて眼あぐればゆらゆらと香の煙は秋陽の中に

「紀伊短歌」昭和二十三年一月号

たはむれに引きしみくじの凶の字の心にひびくこのごろの我

人のよき茶店の婆と秋の陽のぬくさ言ひつゝ弁当食ふも

〔附〕「紀伊短歌」昭和二十三年四月号収録「四月号後記」（山田昇）より「作品の集まりが低調である、各位の努力を望む。利光、原の先輩達には特にお願いする」

「紀伊短歌」昭和二十三年五月号

友ヶ島

暫し今潮のたるみに走る船中門《なかと》は渦の今日は見えなく

中門ぬけ島ぞひ航《ゆ》けば屏風なす岩にからみて咲くつゝじあり

丈すぎしわらびも生えて歯朶の葉の生ひしげりつつ松葉敷く道

枯松葉おち敷く島の道を来て鳴く磯ひよのはるかなるかも

燈台の岬に立てば目の下は磯岩抱きエメラルドの海

由良の港そこよと指してみる海を群れ飛ぶ鳥は何の鳥かや

白煙磯松原にからませて離《か》れゆく船ゆみる昼の月

なぎさ

何がなし歩きたき心子を負ひて今朝は渚をただに歩めり

あの船はどこに行くのと子の問ふをうつろにききて砂に坐し居り

「紀伊短歌」昭和二十三年七月号

砂浜に父と遊びて子供等は母が事にはふれんとはせず

子ろ二人浜に遊ばせ今日一日家に居らざる妻を想へり

雨ぎらふはろか川辺に白鷺のおり居て久しつづく麦波

【解説】 永遠の旅、寄り添う痛み

――原ひろし歌集『紫紺の海』解説――

原詩夏至

一

「先日、自宅の倉庫を整理していたら地元の歌誌『紀伊短歌』『紀州短歌』の古いバックナンバーが大量に出て来た。興味があるなら送るが、どうだ？」――そんなメールが郷里和歌山県和歌山市在住の叔父・原庄造から届いたのは昨年（二〇一七年）十一月下旬だった。

「もちろん、ありますよ！　ぜひ送って下さい！」

私は直ちに返信した。

数日後、小包が届いた。号数は、

⑴まず、昭和八年（一九三三年）十月一日発行の創刊号から昭和十八年（一九四三年）七月号までの約十年分。（うち、欠号は、昭和九年八・九月号、昭和十年九月号、昭和十一年五・八・九月号、昭和十二年四月号、昭和十三年八月号、昭和十七年十一月号）。昭和

八年といえば、日本が国際連盟を脱退し、国の内外が戦争一色に徐々に染め上げられつつあった年。また、昭和十八年と言えば日本軍のガダルカナル島撤退、アッツ島玉砕、山本五十六戦死、また海外ではドイツ軍のスターリングラード攻防戦での敗北、イタリアの降伏等々、枢軸国側の劣勢が既に明白となりつつあった年だ。そんな時代に、それでもなお、このような歌誌が創刊され、十年間にも亘って粘り強く刊行され続けたことは驚きだが、時局を反映して紙質も次第に粗悪化し、頁数も減り、遂には昭和十八年五月号に「当局の内意を体し時局の要請に応ずる為」和歌山県下の三短歌誌（「紀伊短歌」「竹垣」「きびと」）が合併、新雑誌を創刊する旨の「通告」が出された。かくて「紀伊短歌」は、同年七月号をもって一旦終刊する。

(2) 県下三誌の統合による新歌誌「紀州短歌」昭和十八年（一九四三年）八月一日発行の創刊号から同年十二月号まで五冊、及び翌昭和十九年(一九四四年)十一月号が一冊。但し、この最後の一冊は同年唯一の号なので、この間の欠号はない。ちなみに、昭和二十年刊行の号が一冊もないのは、或いは、物資の窮乏その他により歌誌自体が消滅してしまったのだろうか。

(3) 昭和二十二年（一九四七年）八月一日発行の「紀伊短歌（再刊）」第一号から昭和

二十三年（一九四八年）十一・十二月合併号まで（但し、二・六・九月号は欠けている）、及び昭和三十六年十二月号。このうち、昭和二十二年の号（再刊第一号〜十二月号）は何とガリ版。短歌に寄せる「紀伊短歌」同人の飢渇にも似た情熱が伺える。

ちなみに、「紀伊短歌」の編集発行人は白秋門下の歌人・池上秋石。創刊号巻頭の一文「紀伊短歌発刊に就いて」には、こうある。「現今短歌誌は中央地方共無数にある。それを敢てこゝに紀伊短歌を出す。我等の主張する處がなければならない」「我等は地方的な然も微小なる存在である。我等は郷土を同じくするものは集団の必要を認めている。気候風物人情其の他我等に共通の郷土を愛して作歌生活に専念したい」「我等は中央歌壇の何れの支配をもうけてゐない。純然たる紀伊短歌社である。たゞ同人の多数は香蘭社に属してゐる。夫れは白秋先生の芸術に憧れ白秋先生の短歌道に心酔してゐるからである。然し紀伊歌壇の社友同人に甘言を以つて或は好餌をにほはせて香蘭社に加入せしめんとするが如きことは断じてしない。社友同人はみな各人その属する結社にゐて勉強すればいい」。意気軒高たる地方歌壇の「独立宣言」だ。（なお、同じ創刊号の頁の間には、母体結社「香蘭」の創刊十五周年を記念する関西大会の案内状も差し挟まれていた。主催は和歌山支社で、大会事務所は「和歌山県加太町池上秋石方」。一日目は歌会と講演会、座談会、二日目には和歌山城、和歌浦、紀三井寺他市内の史跡の遊覧という日程が組まれていて、殆ど今と同じなのが面白い。）

それにしても、何故このようなものが叔父の倉庫にあったのか。それは「紀伊短歌」の初期の中心メンバーの一人だった歌人・原ひろしが、叔父と亡父の父、つまり私（原詩夏至）の祖父に当る人だからだ。

二

ここで簡単に歌人・原ひろしの出自及び「前史」を紹介しておこう。

原ひろし（本名・原浩）は、明治三十八年（一九〇五年）十一月二十九日、父・原庄次郎と母ひさゑの次男として和歌山県海草郡加太町（現在の和歌山県和歌山市加太）に生まれた。兄弟は他に兄・正司と弟・三郎、四郎。生家は文化三年創業を誇る老舗の土建業「原庄組」で、庄次郎は先代・庄左衛門からその才腕を買われた婿養子。その妻・ひさゑもなかなかの女傑で、或る時、家を訪れた一人の渡世人が、今では昔の映画などでしか見られない「お控えなすって」式の独特の挨拶の口上を述べ始めた所、こちらも正調の仁義を切って堂々と応接したという逸話もある。

明治三十八年と言えば、丁度日露戦争終結の年。同年生まれの文学者としては他に伊藤整、原民喜等がおり、明治三十六年生まれで二歳年上の小林多喜二、小野十三郎、草野心平、林芙美子、同三十九年生まれで一歳年下の伊藤静雄、坂口安吾、四十年生まれで二歳年下の中原中也、井上靖等ともほぼ同世代だ。なお、浩は、生後間もなく、片方の目を失明している。後年の彼の、半ば本能的とも言っていい程の「弱者」への寄り添いの姿勢は、或いは、そんな自身の肉体上のハンディキャップにも起因している処があるのかも知れない。

大正十四年、早稲田大学理工学部入学。在学中は「早大劇研究会」に所属し、「原久司」名でプロレタリア演劇に熱中（主に舞台装置を担当）。卒業し恩師の建築家・吉田享二の事務所に就職した後もその情熱は変わらず、自宅に「自由舞台」（後に「喜劇舞台」と改名）の看板を掲げ、また抽木滋人と連名で「新演劇研究所」を設立、その幹事を務めるなど活動を継続。後の妻・福田はるともその頃知り合ったようだ。ちなみに、叔父から送って貰った資料の中には当時のチラシ類の写真もあり、それによれば、「第4回自由舞台公演」は「於帝国ホテル演芸場・10月10日午後6時開場・席券99銭」。演目はグラルトリイヌ作「署長さんはお人好し（1幕）」・高田保作「役者と人生（1幕）」・オウトケイシ作「ヂュノウとペエコツク（3幕）」とある。また、改名後の「第6回喜劇舞台公演」は「5月28・29日夜6

時　飛行会館（桜田本郷町）」開催で、演目はエルドマン作「委任状（3幕）」。いずれも「月・日」の記載があって「年」の記載がないのがもどかしいが、幸い後者については「昭和五年五月二十九日」と日付のある記念写真が残っている。とすれば前者は恐らく昭和三〜四年頃ではなかろうか。

しかし、活気と刺激に満ちた東京での「原久司」の活動は、この辺りが最後だ。同じ昭和五年（一九三〇年）九月には嫡男であった兄・正司が享年僅か三十で急逝。翌六年（一九三一年）はると入籍、長女久美子が生まれるが生後僅か三カ月にて死去。更にその翌年・昭和七年（一九三二年）二月、今度は父・庄次郎が五十九歳の男盛りで世を去り、浩は気楽な「地方の資産家の次男坊」から一転、「原庄組」の弱冠二十七歳の新組長として、新婚の妻を伴い、和歌山への慌しい帰郷を迫られる。

当時、家業は、軍（特に海軍）関係筋からの受注が殺到し、隆盛と繁忙を極めていた。ついこの間まで「革命を起こすのだ」などという台詞の入った芝居を上演して妻はるをびくびくさせていた浩にとって、これはまた何という運命の皮肉だろう。だが、浩の表現活動への欲求はなお止まない。帰郷の翌年・昭和八年（一九三三年）には創刊間もない「紀伊短歌」に第三号から作品を発表。歌人・原ひろしの誕生だ。この後、ひろしの作歌活動は、昭和十九年～二十一年の中断を挟みつつ、戦後もなお続く。本歌集には、この間、叔父から送って貰った資料より、ひろしの全短歌とエッセイ二篇に加え、当時の状況を偲ぶよすがとして、ひろしに関する池上氏他同人各位の「紀伊短歌」所載の批評、消息等の一部も収録させて頂いた。遥か時代は隔たってしまったが、著者生前のご厚情に、今、改めて御礼を申し上げたい。

ちなみに、私は祖父・浩の三回忌の日に生まれ、その暗合から、よく「おまえはお祖父ちゃんの生まれ変わりなんだよ」と周囲の大人たちに聞かされて育った（ついでに言えば、本名の「浩輝」も祖父から「浩」の一字を貰ったものだ）。だから、生きて会うことがなかった浩に、それでも、奇妙な親しみと興味を感じていた。だから、その遺した短歌は、言ってみれば、正に「前世の記憶」にも等しい。私は、郷里・和歌山から届いた、既に変色して薄茶色のバックナンバーの束から、「原ひろし」と作者名のある歌を少しずつ拾い読み始めた――最初は、興味本位で。だが、読み進むうちに、私の裡に「ひろしの歌を是非世に出したい――いや、出さねば」という思いが次第に強く募って来た――一つには、もちろん、祖父であり自身の「前世」である歌人・原ひろしの遅まきながらの「追善供養」として。また、一つには、昭和という激動の時代の一断面を原ひろしという一人のかなり特異な立ち位置にいた歌人の作品世界を通して照らし出す「史料」として。そして、最後に、時代を超えてなお不思議な魅力を湛える一つの「文学」として、端的に。

三

ひろしの歌には、大きく言って、二つの顕著な特色がある。その一つは、旅の歌が歌集の大半を占め、かつ、その行先が極めて広範で、ほぼ日本全国、更には朝鮮半島にまで及んでいること。と言っても、その殆どは当時の軍需産業の一角を担っての仕事の旅であり、時には当時の交通事情で一カ月のうちに和歌山・北海道間を二往復するという程の多忙なスケジュールの中での作だが、それにしても、例えば、次のような歌。

潮の岬の燈台はあれと運転手車とめつゝ灯は消しにけり
明日の道もくろみにつゝ心よき酔にいつしか寝てしまひたり
子供づれの若き女を中心に話はづめり船室の朝は
夕雨にぬれしコートは先づ脱ぎて恋《こほ》しかりけり宿の火鉢の

何やら映画「男はつらいよ」の車寅次郎を彷彿とさせる。ひと時殺伐たる家業を離れ、市井の人々と気さくに心を通わせるひろしの、磊落な、だがその奥底に身を揉むような淋しさ・人恋しさを潜めた心底――これはまさしく、西行、芭蕉、牧水、山頭火、そして件の寅次郎等、古より脈々と繋がる「永遠の旅人」たちに固有の「聖痕」だ。或いは、こんな歌。

真暗なる海の彼方に消えともる燈台の灯をしまし見にけり
城壁の跡はも見えず楼門のただぽつねんと建ちて大なり
真夏夜の岬の道の月の冴え歩きたくなりてただに佇めり
畳の上を逼《は》ふ小蟹あり逼ふにまかせ遠いかづちをききて我居り

行きずりの人々との明るい、だが束の間の談笑の輪を離れてふと一人の自分に戻った時、寅次郎の心の目に映る風景も又、例えばこのようなものだったのではなかろうか。
ひろしの歌のもう一つの特徴、それは――これも又「永遠の旅人」たちに共有されている顕著な刻印だが――様々な社会的弱者に向けられる真率な眼差しだ。例えば、こんな歌。

水際の古トタン家の前にして衣みじかき鮮人の子ら
砂利かつぐ女人夫の頰は赤し紺のかすりに風はらませて
大島に通ふ巡航船ならん赤き旗立て客を呼び居り
南海の楽園島といふ島のあはれ女のうつし地獄や
一つ家に一つ飯食み若衆等はこの幾月を妻子にあはず
ひゆうひゆうと潮風吹けば畚《もつこ》つる島の娘の手の赤きかも
ありつきてパンのカケラをしやぶり食ふあかにきたなきその子の手足

かつてプロレタリア演劇に青春の情熱を傾けながら、自分ではどうにもならない時代と運命の歯車の中で今、その「社会的弱者」を最前線で虐げる立場に立つことの多い土建業という家業の総師として、彼らに向き合わざるを得なかったひろしの胸中には、時に居たたまれぬものがあった筈だ。ちなみに、この傾向は、本書にも収録したエッセイ「あらたま九月号読後感」における、享年三十四で夭逝した台湾の歌人・陳奇雲への懇切を極めた哀悼の辞からも伺える。ひろしが同文中で引用する平井二郎氏の追悼歌「はげしき気象をつつみて耐へ生きし友の一生を尊く思ふ」「本島人に生れたるゆゑわが友は一生苦しみぬ業のごとくに」

「日本人になりきりをりて本島人ゆゑ本島人として一生あつかはれき」――いずれも友・陳奇雲の心の痛み・叫びを真っ芯から受け止めた歌だ。そして、このような歌・このような生涯を前にした時、ひろしはその前に自分も痛みと共に立ち尽くさざるを得ない、そのような魂の持ち主だったのだ。

四

最後に、本歌集には盛り切れなかったひろしの他の側面について、一二点、触れておきたい。その一つ目は、戦後まもなく郷里・加太町の町長に就任したらしいひろしの、いわば政治家としての側面だ。例えば、歌集の凡その骨格がまとまった後、国会図書館(それもなぜか「憲政資料室」)で見つかった、叔父から送られたバックナンバーにはなかった「紀伊短歌」昭和二十四年一月号所収の「町長辞任」と題された次の一連。

友ヶ島この島ひとつに念かけて三年を我は町長なりき
刑務所にこの島とられてたまるかと町民こぞりいきり立ちしか

十人あまり陳情団を組織して東京までも押かけたりし
或時は国立公園にせんとアメリカのリッチ一行を迎へたりしか
雨の中幟おし立て漁船群の歓迎の態いまにしぬばる（リッチ氏来島の日）
なぎ渡る海は秋なり雲もなし今朝は親しくみる友ヶ島

ちなみに「友ヶ島」とは、加太に属する紀淡海峡（友ヶ島水道）上の無人島群の総称で、古くは修験道の道場として知られ、明治維新後、外国艦隊の侵入を防ぐ砲台が設けられた。第二次大戦中も要塞として使用されたが、敗戦後、どうやら同島に刑務所を設置しようとする動きが一時持ち上がったらしい。それに反対する地元の漁民が、当時四十歳のまだ若いひろしを町長に押し立て反対運動を繰り広げた経緯が、この連作を通して浮かび上がって来る。結果、刑務所の設置は阻止され、友ヶ島は現在、本当に「瀬戸内海国立公園」の一部となっている。運動は見事実を結んだわけだ。戦後混乱期のささやかだが興味深い一挿話と言えよう。

もう一つは、『紫紺の海』の時期以降、次第に深刻な様相を帯び始める、ひろしの家庭生活の破綻だ。例えば、「紀伊短歌」昭和二十二年十月号所収の連作「高野山」末尾の次の歌。

いつの日か我弔はれんよすがにと珠数を買ふなり吾妹のために

歌人・ひろしは妻はるのことは端的に「妻」と詠む。とすれば通常「恋人ないし妻」を意味する「吾妹」は、この場合、はる以外の誰かだろう。実際、この「吾妹」に該当すると思われる女性は、存在した。そして、後年、彼女がその二人の子供の認知を巡ってはるの前に姿を現したことで、はるとその子供たち（その中には叔父や、今は亡き私の父・原庄治も当然含まれる）は、その心に生涯消えない傷を負ったのだ。やがてひろしは殆どの時間を「吾妹」の家で過ごすようになり、加太の家には滅多に顔を見せなくなった。叔父によれば、ひろしが漸く妻の許に戻ったのは昭和三十五年（一九六〇年）、当時の病名の所謂「中風」を病み身体の自由が利かなくなってからだという。その二年後の昭和三十七年六月二十一日、五十七歳でひろしは没する。敗戦による家業の大幅な縮小に、この家庭の悲劇と社会的スキャンダルが更なる追い打ちをかけた形の、失意の晩年と言わざるを得ない。だが、その間の経緯は、本歌集とはまた別の物語であり、その執筆の準備は、実はもう始めている。完成は何年後になるか分からないが、ともかく、いつか何らかの形では、『紫紺の海　第二部』

として世に出したい。というのも、それは、単なる偶発的な「よくある異性問題の失敗」では片づけられない、この歌集から滲み出るひろしの優しさ、社会的不正への義憤、弱者への寄り添い、坊ちゃん育ちゆえの愛すべき無鉄砲さ、そして敗戦後、当時のある年齢以上の人々の心を知らず知らずのうちに蝕んだと思われる一種の「価値観の空洞化」等々が複雑に絡まり合った挙句の、いわば「運命悲劇」ではなかったか——そう、事情を知り当時の状況に想いを巡らせれば巡らせるほど、私には思えてならないからだ。

最後に、本書の刊行は、叔父・原庄造の資料提供や近親者のみが知る貴重な証言等、かけがえのない全面的な協力があって初めて可能だったことを改めて申し添え、心からの感謝を表したい。また、突然の歌集出版の相談に快く真摯に応じてくれたコールサック社代表鈴木比佐雄氏、短歌担当の座馬寛彦氏、同じく装丁担当の奥川はるみ氏にもひとかたならぬお世話になった。併せて、心からの感謝を申し上げたい。

1931 年 8 月 18 日撮影。建築家・吉田享二の事務所の人々と鎌倉に遊ぶ。
最前列向かって左から 3 人目が吉田、4 人目がひろし。

1934 年 1 月 21 日撮影。歌誌「香蘭」の仲間と京都スター食堂出町店にて。
前列向かって左から 2 人目は北原白秋。後列左から 4 人目がひろし。

1934 年 9 月 12 日撮影。最前列向かって左から 3 人目が北原白秋。前から 2 列目左から 6 人目がひろし。

1935 年 11 月 27 日撮影。当時大人気の舞踏家・崔承喜を和歌山公会堂に招いて。前列向かって左から 5 人目が崔、右から 3 人目がひろし。

原ひろし（はら　ひろし）略歴

明治三十八年（一九〇五年）十一月二十九日、原庄次郎・ひさゑの第二子として和歌山県海草郡加太町大字加太一三五〇番地に生まれる（本名・浩）。生家は文化三（一八〇六）年創業の土木建築業者・原庄組。

昭和四年（一九二九年）早稲田大学理工学部建築科卒業。恩師・吉田享二の設計事務所での勤務の傍ら、自宅に「自由舞台」（後「喜劇舞台」と改名）の看板を掲げ、「早大劇研究会」に所属していた大学在学中以来の演劇活動（舞台装置）を推進するも、昭和七年（一九三二年）父・庄次郎の死去により家督を相続し帰郷。

昭和八年（一九三三年）歌誌「紀伊短歌」に参加。以後、昭和十九～二十一年の中断期を挟み、少なくとも昭和二十四年頃までは作歌活動を継続。

昭和三十七年（一九六二年）六月二十一日死去。享年五十七。

歌人・原詩夏至の祖父。

〔編註〕

一、原文に見られる明らかな誤字・脱字は訂正しました。

一、短歌作品は原則として新字旧仮名遣い、散文は新字新仮名遣いに改めました。ただし、歴史的仮名遣いは、一般的な用法から外れた場合でも、明らかな誤用ではない限り、原文のままとしました。

一、短歌作品には、今日からみると差別的、不適切と見なされる用語が使用されていますが、差別や偏見を助長する意図はないこと、また、作品が制作された時代背景や文学性、作者が故人であることも考慮し、原文のまま掲載しました。

石炭袋

COAL SACK 銀河短歌叢書 8
原ひろし 歌集『紫紺の海』

2018 年 11 月 29 日初版発行
著　者　原ひろし
編　集　原詩夏至、座馬寛彦
発行者　鈴木比佐雄
発行所　株式会社 コールサック社
〒 173-0004　東京都板橋区板橋 2-63-4-209
電話 03-5944-3258　FAX 03-5944-3238
suzuki@coal-sack.com　http://www.coal-sack.com
郵便振替　00180-4-741802
印刷管理　（株）コールサック社　制作部

＊装丁　奥川はるみ

落丁本・乱丁本はお取り替えいたします。
ISBN978-4-86435-358-8　C1092　￥1500E